CHANTS

NATIONAUX

PAR

FERDINAND CHIMÈNES.

« Il y a de l'écho en France lorsqu'on parle
» d'honneur et de patrie. » (Général FOY.)

PRIX : 50 C.

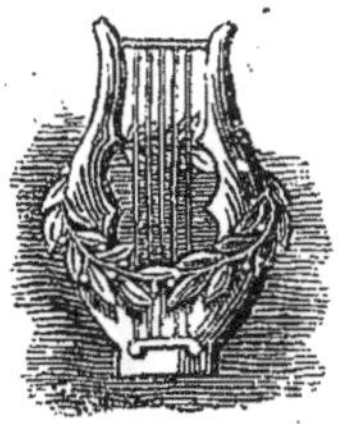

BORDEAUX
IMPRIMERIE TYPOGRAPHIQUE DE J. DELMAS
Rue Sainte-Catherine, 139.

1859

CHANTS

NATIONAUX

PAR

FERDINAND CHIMÈNES.

« Il y a de l'écho en France lorsqu'on parle
» d'honneur et de patrie. »   (Général Foy.)

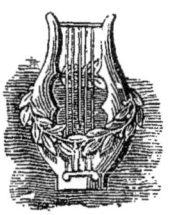

BORDEAUX

IMPRIMERIE TYPOGRAPHIQUE DE J. DELMAS

Rue Sainte-Catherine, 139.

1859

CHANTS

NATIONAUX

L'IMPÉRIALE.

Salut ! ô belle fleur du soleil des Espagnes ;
C'est un trône immortel qu'il te faudrait chez nous.
Il n'est point de parfum s'exhalant des campagnes
Qui vaille ton regard consolant et si doux.
Plutôt qu'un laurier d'or, une sainte auréole
Ornerait mieux ton front de ses rayons de feu.
La veuve et l'orphelin voient en toi leur idole ;
C'est que ton noble cœur leur a fait croire en Dieu !

Ainsi que ces esprits de la première enfance,
Tu viens nous éblouir par ton charme divin.
Ton doux nom vers le ciel avec nos vœux s'élance ;
Nul en pleurs devant toi ne s'agenouille en vain !
Dans l'opale et l'azur tu puises ton obole,
Image du bonheur et de l'horizon bleu.
Oui, nous t'aimons, vois-tu, comme on aime une idole ;
C'est que ton noble cœur bien haut parle de Dieu !

Songe, reflet vermeil, illusion sacrée
Des mondes lumineux se roulant dans l'air pur,
Peut-on t'apprécier, rubis, perle nacrée,
Qui nous fis le présent et l'avenir plus sûr !
Tu vas, semant partout les bienfaits de ton rôle,
A tes humbles sujets tu sais sourire un peu.
Ton peuple tout entier t'aime comme une idole,
C'est que ton noble cœur bien haut parle de Dieu !

LE PRISONNIER DE HAM.

Cruel exil, ta peine est infinie ;
Nul ne la comprend mieux que moi.
O ma France chère et bénie
Serai-je longtemps loin de toi ?
J'interroge en vain le silence,
Les échos lointains semblent sourds.
Chaque heure m'ôte une espérance,
Et pourtant j'espère toujours !

Matin et soir, dans ma prière,
Je n'ai qu'un nom, et c'est le tien !
Toi que l'empire fit si fière,
Je donnerais tout pour ton bien !
Que ne puis-je, dans ma souffrance,
Te faire encore d'heureux jours.
Chaque heure m'ôte une espérance,
Et pourtant j'espère toujours !

Toi dont l'aigle inspirait la crainte
Au monde entier, par sa valeur,
Ton étoile s'est-elle éteinte,
Ainsi qu'un rêve, une lueur !

Dieu le voudra, ma noble France,
Ton éclat reprendra son cours.
Chaque heure m'ôte une espérance,
Et pourtant j'espère toujours !

Napoléon, fier à l'ouvrage,
Releva ton front abattu,
Tu ne fus point un héritage,
Mais bien le prix de la vertu.
Mon cœur bat et vers toi s'élance,
France, mes seules amours.
Chaque heure m'ôte une espérance,
Et pourtant j'espère toujours !

LE VIEUX DRAPEAU.

Venez sans vous lasser, venez voir où repose
Ce noble souvenir.
Enfants, femmes, vieillards, filles au teint de rose,
Respirant l'avenir,
Venez dans son repos contempler ce trophée,
Si glorieux, si beau.
Honneur à ces débris, à ce tronçon d'épée,
Respect au vieux drapeau !

Venez voir ces objets qui parlent du grand homme,
En langage des dieux.
Là, tout est poésie ; oh ! venez sous ce dôme
Où se mouillent les yeux !
C'est une église, un temple, avec son auréole ;
Mettons bas le chapeau.
Salut au vétéran d'Austerlitz et d'Arcole,
Respect au vieux drapeau !

La guerre l'a couvert de plus d'une blessure,
  Mais il fut triomphant.
Il n'a point connu, lui, ni tache, ni souillure,
  Cet arc-en-ciel flottant !
Recueillons-nous devant l'oriflamme de France,
  Ce digne et saint lambeau.
Il consola la foi, ranima la croyance ;
  Respect au vieux drapeau.

LA CROIX D'HONNEUR.

La France en deuil se penchait sur l'abîme,
Le front marqué d'une tâche de sang,
Quand pour souffler sur l'erreur et le crime,
Le fils de l'homme est sorti de son rang !
De son génie il forma notre gloire,
Du nom Français se fit le défenseur !
Étoile d'or, redis-nous son histoire,
    O sainte croix d'honneur !

France, dit-il, oh ! ma belle patrie !
Ne gémis plus, de ton sort j'ai pitié,
Je te rendrai le talent, l'industrie,
Toi de mon cœur la seconde moitié.
Je viens guider tes pas à la victoire,
Aux nations démontrer ta valeur.
Étoile d'or, redis-nous son histoire,
    O sainte croix d'honneur !

Levons bien haut l'étendard tricolore,
L'aigle immortel tout couvert de lauriers !
La liberté de lui nous parle encore,
Gais travailleurs, poètes et guerriers !

A tout jamais vénérons sa mémoire,
Que de héros fit naître ce vainqueur !
Étoile d'or, redis-nous son histoire,
O sainte croix d'honneur !

Son règne aimé ne fut qu'un long prodige ;
Tout l'univers admira ses exploits.
Du sud au nord où notre pleur se fige,
Il apporta nos armes et nos lois.
Sa mission fut belle et bien remplie,
Des plus vaillants il sut flatter le cœur !
Étoile d'or et d'émail, fleur chérie,
Sois fière, croix d'honneur !

LA MÉDAILLE DE SAINTE-HÉLÈNE.

Je les ai vu passer ; qu'ils étaient imposants,
Tous ces vieillards blanchis par la neige des ans,
Dont le poids les courbaient à peine !
Un noble souvenir faisait battre leur cœur ;
Ils venaient recevoir, souriants de bonheur,
La médaille de Sainte-Hélène.

La foule contemplait tous ces mâles héros ;
Comme en leur jeune temps ils s'avançaient dispos,
Vers la pacifique arène.
Des fleurs les attendaient dans tous les défilés,
Ces guerriers d'autrefois, la plupart mutilés,
Ces vieux débris de Sainte-Hélène.

Le front ceint de lauriers, sortis je ne sais d'où,
D'Iéna, de Berlin, de Lodi, de Moscou,
Et d'Alexandrie et de Vienne.

Ils venaient, mus chacun par un transport égal,
Embrasser le portrait de l'aigle impérial ;
    Et du martyr de Sainte-Hélène.

Oh ! nos pères aimés, fils de Napoléon,
Vous qui gardez au cœur son souvenir, son nom,
    Et qu'une même ardeur entraîne ;
Reste saint d'une armée, unique en ses hauts faits,
Vous qui fûtes la joie et l'orgueil des Français,
    Gloire aux soldats de Sainte-Hélène !

L'EMPIRE.

Loin les erreurs, les vaines utopies
De ces rêveurs du soi-disant progrès ;
Loin leurs écrits, ces paroles impies,
Qui mettent l'homme au dernier des degrés.
L'audace au front ils ont, dans leur délire,
Outragé Dieu, la raison et la paix.
Vous qui portez le doux nom de Français,
    Aimez l'Empire !

Leurs passions vont brodant mille thèmes,
En février et juin qu'ont-ils produit ?
Que dans l'oubli retombe leurs systèmes ;
Seul le désordre en fut toujours le fruit !
N'en parlons pas ; car il n'est rien de pire,
Le drapeau rouge est là sur leur babel.
Vous qui croyez aux messagers du ciel,
    Aimez l'Empire !

La foi, l'honneur, la vertu, la morale,
Semblent pour eux des mots vides de sens.

Voilons ces jours de honte et de scandale ;
Que peuvent seuls leurs efforts impuissants.
Tant d'insuccès doit plus que nous suffire ;
Ne troublons pas la douce charité.
Nous qui rêvons surtout la vérité,
    Aimons l'empire !

LES ADIEUX DE FONTAINEBLEAU.

Prêt à partir pour la terre étrangère,
Mes dévoués amis, braves soldats !
Vous que j'aimais d'un saint amour de père,
Je voudrais tous vous presser dans mes bras.
Nous ne serons plus désormais ensemble ;
Après des jours si beaux, si glorieux,
Dans cette plaine où le sort nous rassemble,
    Recevez mes adieux !

Assez de sang a coulé pour la France ;
Je ne saurais régner à si haut prix.
Chez les Anglais je vais sans défiance
De ma grandeur quand le monde est surpris !
La même joie et la même tristesse
Voyaient nos fronts riants ou soucieux.
Mes vieux enfants, que le chagrin oppresse,
    Recevez mes adieux !

Peu d'entre vous, hélas ! devront me suivre.
Aimez la France, ainsi qu'un doux printemps ;
A mes revers mon œuvre doit survivre,
Et traverser les siècles et le temps !
Les nobles buts par qui l'âme est charmée

Furent le soin de mes efforts heureux.
Sacrés débris de ma vaillante armée,
   Recevez mes adieux !

Mieux vaut l'exil que d'éternelles luttes ;
La raison seule ici dicte mon choix.
Rien qu'à ma voix, l'on sait ce que vous fûtes.
Mais oublions pour la France mes droits ;
Puisque l'Anglais m'offre une main amie,
Libre, je pars, hélas ! pour d'autres cieux.
Français, pour qui je renonce à la vie,
   Recevez mes adieux !

NAPOLÉON III.

Sonnez vos joyeuses volées,
Parlez fort toutes à la fois
Sur les hautes tours isolées
Où dans le ciel monte la croix.
Il faut votre imposant langage
Pour sanctifier notre choix.
Cloches, sonnez pour rendre hommage,
Sonnez pour Napoléon III.

De bronze formons sa statue,
Sur un socle aussi de grand poids ;
Qu'elle soit belle et revêtue
Du manteau d'hermine des rois !
Qu'à son front brille le courage ;
Ornons-le d'olivier des bois.
Cloches, sonnez pour rendre hommage,
Sonnez pour Napoléon III.

Chez les nations étrangères
Il sut faire valoir nos droits;
Fit fuir les lueurs mensongères,
Et nous donna de sages lois.
Pour être heureuse d'âge en âge,
La France n'a plus qu'une voix.
Cloches, sonnez pour rendre hommage,
Sonnez pour Napoléon III.

Soufflant sur la guerre civile,
Dont le poignard blesse les doigts,
Messie, il vint en temps utile
Sauver tout un peuple aux abois !
Il faut le fêter sans partage :
Illuminons jusqu'à nos toits.
Cloches, sonnez pour rendre hommage,
Sonnez pour Napoléon III.

L'AIGLE DE FRANCE.

Laissons en paix les cendres refroidies
Des factions des vieux partis éteints,
Et sans regret d'absurdes théories,
De l'Éternel admirons les desseins !
Laissons le lys régner dans la vallée,
Le coq gaulois dormir dans sa fierté;
L'aigle de France, à travers la mêlée,
Seul nous donna la sage liberté.

Ah! n'ayons point de ferments de colère.
Pouvons-nous plus désirer de bienfaits ?
L'Élu du peuple, entre tous grand sur terre,
N'a-t-il pas dit : « L'Empire, c'est la paix. »

Oui, c'est la paix, mais glorieuse et belle,
Qui veut partout notre nom respecté.
L'aigle a compris nos cris, l'ère nouvelle,
Et nous donna la sage liberté.

Quand en tous sens, balloté sans refuge,
Voguait sans frein le vaisseau de l'État,
Les passions, aveugles et sans juge,
Ne connaissaient rien qui les arrêtât.
Mais, écartant l'orgie et la licence,
Au souffle impur, au regard hébété,
L'aigle apporta le rameau d'espérance,
Et nous donna la sage liberté.

Ne défendons qu'un droit et qu'une cause,
Qu'un même nom, et rien qu'un seul drapeau ;
Qu'en l'aigle altier notre foi se repose,
Et pour nos fils l'avenir sera beau.
Il luit, le règne à l'infuse science,
Qui vers son but conduit l'humanité.
Dieu de bonté, qui protége la France,
Conserve-nous l'aigle et la liberté.

LE BUIS BÉNIT.

A Son Altesse le Prince Impérial.

Toi qu'avec le jour des Rameaux,
Le ciel envoya sur la terre
Aux chants sacrés de la prière,
Apportes-tu des jours nouveaux ?
Rayon d'amour, blonde espérance,
Gage de paix et de bonheur,
Jeune fils de notre Empereur,
Je te salue, Enfant de France !

Sur ton berceau le buis bénit,
Qui projette son ombre aimée,
A la palme de notre armée,
Dans les temps de gloire s'unit !
Par des bienfaits, par la clémence,
Fut signalé ce jour heureux.
Toi qui combles nos plus doux vœux,
Je te salue, Enfant de France !

La guerre à tes pieds vient mourir,
Doux présage, riant symbole,
Ange au front pur, sainte parole,
Tu viens consacrer l'avenir.
La justice et l'amour d'avance
Ont su préparer notre accueil.
Ton règne sera notre orgueil ;
Je te salue, Enfant de France !

J'ai vu sur son socle d'airain
Le bronze impérial sourire.
Il a pardonné son martyre
Pour ton regard tendre et divin.
Comme lui fiers de ta naissance,
Nous oublions les mauvais jours.
Que ce chant soit notre discours :
Je te salue, Enfant de France !

Nous prions pour ton jeune essor,
Comme ta mère, fleur du trône.
Nous avons tressé ta couronne ;
Nous te gardons le sceptre d'or.
Si la prospérité, l'aisance
Ont régénéré le pays,
A ton père on en doit le prix.
Je te salue, Enfant de France !

LE PORTRAIT.

De ce portrait j'ai gardé la mémoire.
Ah ! prêtez-moi la plume ou le burin.
Vieil affligé, sur les bords de la Loire,
J'ai pu bénir sa bienfaisante main.
Aux inondés, plongés dans la ruine,
Mieux que son or, comme son cœur parlait.
Du pauvre il a rétabli la chaumine :
Pourrais-je bien esquisser son portrait?

De ses bontés chacun obtint un gage;
Il ordonna que de tous l'on eût soin,
Et de son geste indiquant le rivage,
Il dit aux flots : Vous n'irez pas plus loin.
Le flot bientôt remontant vers sa source,
Pour n'en sortir plus jamais il rentrait.
Ah ! de celui qui maîtrisa sa course,
Pourrais-je bien esquisser le portrait?

Se faire aimer; rendre heureuse et prospère
La nation aussi qu'il aime tant;
Lui redonner la vie et la lumière,
Ce sont ses vœux, c'est là son but constant !
Pour nous déjà que de travaux utiles;
De l'avenir en cherchant le secret
De biens réels il a doté nos villes :
Pourrais-je bien esquisser son portrait ?

Même la foi s'épure à son génie
Digne du trône, aussi du monde entier.
Il vient du peuple, avec lui communie,
Et des vertus honore le sentier.

Il tient du ciel une âme bien trempée ;
Son nom : La France en danger l'invoquait ;
Il porte haut sa lumineuse épée :
Connaissez-vous, mes amis, ce portrait?

LA REVUE NOCTURNE.

(Traduit de l'allemand.)

Le tambour sort l'air fier de son dernier réduit :
Il fait la ronde ; il sait que c'est lui qui conduit
Ses longs bras décharnés armés d'une baguette ;
Sonnent maints roulements, le rappel, la retraite,
  A minuit !

Le son en est étrange et l'air en retentit ;
Tous les anciens soldats s'éveillent à ce bruit,
Et ceux qui dans le Nord sont restés sous la glace,
Et ceux de l'Italie aussi prennent leur place,
  A minuit !

Et tous ceux que le Nil roule au fond de son lit,
Et ceux dans *le désert* que le sable surprit,
Sortent de leurs tombeaux, et de leurs mains crispées
Saisissent leurs fusils, leurs sabres, leurs épées,
  A minuit !

Le trompette à son tour près d'eux se réunit,
Il trouble les échos, et son cheval hennit ;
Et des cavaliers morts, les escadrons sans nombre,
Glissent sur des chevaux aériens, d'air sombre,
  A minuit !

Chacun d'eux maintenant, libre, se réjouit ;
Ils courent en tous sens, et leur casque éblouit.

De son repos aussi le général se lève,
Et son état-major fait le salut du glaive,
                A minuit !

Il est mis simplement ; quel chapeau ! si petit !
Une petite épée à son côté reluit.
Une jaune lueur éclaire tous les groupes :
L'homme au petit chapeau revient parmi ses troupes,
                A minuit !

Les rangs vont lui portant les armes ; on le suit :
Le chef parle tout bas au plus proche ; il sourit,
Et l'on voit défiler bientôt l'armée entière,
Aux sons d'une musique énergique et guerrière,
                A minuit !

La France est le mot d'ordre ; il vole, il est redit ;
Sainte-Hélène celui de ralliement, la nuit ;
C'est là cette revue en colonnes pressées,
Que le grand César mort passe aux Champs-Élysées,
                A minuit !

www.ingramcontent.com/pod-product-compliance
Lightning Source LLC
Chambersburg PA
CBHW061422170626
46811CB00005B/2087